AF314606

COLLECTION

de

TABLEAUX

ANCIENS

Mᵉ DELBERGUE-CORMONT, Commissaire-Priseur.

M. DHIOS, Expert.

RENOU & MAULDE

IMPRIMEURS DE LA COMPAGNIE DES COMMISSAIRES-PRISEURS

Rue de Rivoli, 144.

CATALOGUE

DES

TABLEAUX

ANCIENS

DES

Écoles Flamande, Hollandaise, Française, Italienne et Espagnole

QUI COMPOSENT LA COLLECTION

D'UN AMATEUR DES FLANDRES

DONT LA VENTE AUX ENCHÈRES PUBLIQUES AURA LIEU

A PARIS

HOTEL DES COMMISSAIRES-PRISEURS

Rue Drouot, n° 5

SALLE N° 7

Les Vendredi 12 et Samedi 13 Décembre 1862, à deux heures

M° **DELBERGUE-CORMONT**, Commissaire-Priseur,
rue de Provence, 8,

Assisté de M. **DHIOS**, Expert, rue Le Peletier, 33,

CHEZ LESQUELS SE DISTRIBUE LE PRÉSENT CATALOGUE

EXPOSITIONS :

PARTICULIÈRE. Le Mercredi 10 Décembre 1862 ;
DE MIDI A 5 HEURES.

PUBLIQUE. Le Jeudi 11 Décembre 1862 ;
DE MIDI A 5 HEURES.

1862

AVERTISSEMENT

La Collection qui compose cette vente a été formée depuis longues années par les soins éclairés d'un amateur des Flandres.

Dans la description des Tableaux, nous nous sommes borné à ne donner qu'une analyse très-succincte des sujets, sachant d'ailleurs le peu de cas que font les amateurs sérieux des phrases pompeuses dont on accompagne ordinairement même les productions les plus médiocres, préférant laisser à chacun sa manière d'appréciation. Quant aux noms des auteurs, nous les indiquons seulement, sans vouloir influencer pour ou contre, la connaissance des Tableaux anciens, surtout à Paris, a fait depuis quelques années tant de progrès que nous nous soumettons entièrement au jugement des amateurs éclairés.

Nous devons dire, en terminant, que la majeure partie des Tableaux qui composent cette vente sont entrés dans la présente Collection à la suite de diverses successions recueillies en Flandre et en Hollande, ce qui explique que très-peu sont connus des amateurs ou du commerce et paraissent pour la première fois en vente publique.

Nous garantissons formellement qu'aucun Tableau étranger à cette Collection ne figure dans la vente.

VENTE

DE

TABLEAUX ANCIENS

ORDRE DES VACATIONS

PREMIÈRE VACATION

Le Vendredi 12 Décembre 1862, à deux heures précises.

- 2. ARTOIS (J. van) . . . . Paysage.
- 3. ASSELYN . . . . Paysage.
- 4. BACKUYSEN (L.) . . . . Marine.
- 5. BALEN (H. van) . . . . Diane endormie.
- 6. BASSAN . . . . L'Adoration.
- 8. BEGA . . . . Scène de cabaret
- 10. BERCHEM (N.) . . . . Passage du gué
- 12. BERKHEYDEN . . . . Vue de ville.
- 13. BOL (F.) . . . . Portrait de femme

15. BOURGUIGNON . . . . Bataille.
16. BRAKENBURG (R.) . . . . Intérieur.
18. BRAUWER . . . . Tête d'étude.
19. LE MÊME . . . . Deux fumeurs.
20. CALLOT (Jacques) . . . . Joueurs aux cartes.
21. CANALETTI (Ant.) . . . . Vue de Venise.
23. CAPELLE (J. van de) . . . . . . Marine.
25. CHARDIN . . . . Portrait.
27. CRAESBEKE . . . . L'Arracheur.
29. CUYP (Albert) . . . . Vue de plage.
30. LE MÊME . . . . Intérieur d'un temple.
33. DECKER (Conrad) . . . . Paysage.
35. DESPORTES (F.) . . . . Chien gardant un lièvre.
36. DOLCI (Carlo) . . . . La Vierge caressant l'Enfant.
37. DROLLING . . . . Philosophe.
38. LE DUCQ (J.) . . . . L'Enfant prodigue.
39. DUGHET . . . . Paysage.
41. VAN DYK (Ant.) . . . . La Vierge pleurant.
42. LE MÊME . . . . Esquisse.
45. FLINCK (G.) . . . . Portrait.
46. FRAGONARD . . . . Rencontre.
48. GAAL (B.) . . . . Halte.
49. GAROFFOLO . . . . L'Annonciation.
51. LORRAIN (Claude) . . . . Paysage.
52. GIORGION . . . . Martyre.
53. VAN DER GOES (Hugues) . . . Scènes de la Passion.
55. GREUZE (J.-B.) . . . . Jeune fille effrayée.
56. GUIDO RENI . . . . Vierge.
58. GUERCHIN . . . . Saint Thomas.

59. DE HEEM (D.)............ Fruits.

62. HOBBEMA................ Paysage.

63. LE MÊME (genre de)...... Paysage.

66. P. D. H. (signé)........... L'Amateur de moules.

68. KLOMP.................. Paysage.

69. LAAR (P.).............. Querelle.

73. LUINI (B.)............. Vierge.

74. DE MABUSE (J.)......... Vierge.

76. MAES (Nicolas)............ Portrait.

77. METZU.. .... Consultation.

81. MURILLO.............. Le Génie.

82. LE MÊME...... ...... Un Saint et une Sainte.

84. NEEFS (P.)........... Intérieur d'église.

85. LE MÊME............. Intérieur d'église.

86. VAN DER NEER (A.)...... Village de Hollande.

88. LE MÊME............. Effet d'hiver.

89. NETSCHER (Signé G.)...... La Leçon de musique.

90. NETSCHER (Const.)....... Réunion de famille.

91. VAN OSTADE (A.)........ Intérieur rustique.

93. VAN OSTADE (Isaac)...... Intérieur rustique,

94. LE MÊME............. Halte.

96. PALAMÈDES........... Récréation.

97. PERUGIN (P.)........... Sainte Vierge.

101. POELENBURG (C.)....... Paysage.

104. POTTER (Paul).......... Animaux dans un pâturage.

106. REMBRANDT........... Visitation.

107. REYNOLDS (Sir Josué).... D'après un portrait de Van Dyk.

110. VAN ROMYN (W.)........ Paysage.

113. RUBENS............. Portrait d'homme.

DÉSIGNATION

DES

TABLEAUX

ALLORI (Cristofano)

1 — Portrait de sa maîtresse.

Elle est représentée en buste, la tête tournée presque de face; ses cheveux châtains flottants ne sont retenus que par une parure en perles.

Toile.—H. 60 c. L. 50 c.

ARTOIS (Jacob Van)

2 — Paysage.

Au centre, trois villageois causent près d'une mare d'eau, à droite et à gauche, grands arbres.

Bois.—H. 43 c. L. 57 c.

ASSELYN (Jean)

3 — Paysage avec des animaux.

Au premier plan, sur un chemin qui borde la
rivière, un pâtre, précédé d'un chien, conduit
trois vaches ; à droite, un bouquet d'arbres près
d'un vieux tronc ; à gauche de la rivière, un pont
conduit vers un village ; dans le fond, pays mon-
tagneux.

Toile.—H. 48 c. L. 57 c.

BACKUYSEN (Ludolff)

4 — Marine.

Sur une mer houleuse deux embarcations se
dirigent vers un bateau pêcheur dont la voile est
très-inclinée ; dans le lointain un navire et quelques bâtiments à voiles.

Toile.—H. 35 c. L. 48 c.

BALEN (Henry Van)

5 — Diane endormie surprise par Endymion.
Peinture très-fine.

Bois.—H. 50 c. L. 65 c.

BASSAN

6 — L'Adoration des Mages.

Bois.—H. 45 c. L. 30 c.

BASSAN (Léandre)

7 — Jeune garçon soufflant un tison ardent.

Toile. — H. 54 c. L. 46 c.

BEGA (Corneille)

8 — Scène de cabaret.

Assis sur un banc, un buveur tient une femme sur ses genoux ; en face d'eux, un homme assis parait déjà ivre ; dans le fond deux buveurs, l'un tient un verre plein.

Bois. — H. 38 c. L. 32 c.

BEGA (Corneille)

9 — Scène d'intérieur.

Un homme assis fume sa pipe ; près de lui un tonneau où est posé un pot de bière ; dans le fond un homme vu de dos.

Toile. — H. 33 c. L. 24 c.

BERGHEM (Nicolas)

10 — Le Passage du gué.

Une jeune villageoise, prête à passer un gué avec son troupeau, composé de divers animaux savamment groupés, porte sous le bras un jeune mouton, qu'un campagnard monté sur un âne, précédé d'un autre en liberté, parait lui marchander.

Une des compositions les plus ravissantes du maître.

Bois. — H. 33 c. L. 39 c.

BERGHEM (Nicolas)

11 — Paysage avec figures et animaux.

Au centre, un paysan conduit un charriot traîné par quatre bœufs; vers la droite, deux hommes à cheval suivis de deux chiens, causent avec un jeune villageois; à gauche, un escalier en pierre conduit à une ancienne habitation entourée de murs et jardins.

Tableau capital.

Toile.— H. 64 c. L. 87 c.

BERKEYDEN (Attribué a)

12 — Vue d'une ville de Hollande, traversée par une rivière.

Toile.— H. 26 c. L. 37 c.

BOL (Ferdinand), Élève de Rambrandt

13 — Portrait de femme vue de profil.

Bois.— H. 46 c. L. 41 c.

BOL (Ferdinand)

14 — Portrait d'un vieillard vu de profil, coiffé d'une tocque et vêtu d'un vêtement garni de fourrures.

Toile.— H. 55 c. L. 43 c.

BOURGUIGNON

15 — Bataille de cavalerie.

Toile.— H. 26 c. L. 25 c.

BRAKEMBURG (Reinier)

16 — Intérieur de cabaret.

Au centre d'une pièce basse est placée une table près de laquelle une jeune femme d'agréable figure, qui paraît être la maîtresse de la maison, reçoit d'un buveur le prix d'une consommation qu'elle vient de lui servir; assis, un jeune homme joue du violon; à droite, deux fumeurs s'entretiennent avec leurs commères, dont l'une donne la bouillie à un enfant; à gauche, deux fumeurs; çà et là accessoires très-bien traités.

Ce tableau, traité dans la manière de J. Stern, passe pour une des œuvres capitales de ce maître.

Toile. — H. 70 c. L. 80 c.

BRAUWER (Adrien)

17 — L'Opérateur campagnard.

Composition de trois figures, peinture d'une grande vigueur.

Bois. — H. 34 c. L. 27 c.

BRAUWER (Adrien)

18 — Tête d'étude.

Un homme fait une grimace atroce en venant d'avaler le contenu d'un flacon d'une médecine qui paraît peu de son goût.

Bois. — H. 46 c. L. 34 c.

BRAUWER (ADRIEN)

19 — Deux fumeurs.

Bois. — H. 21 c. L. 20 c. Forme circulaire.

CALLOT (JACQUES)

20 — Réunion de joueurs au brelan.

Une société de dames et de cavaliers réunis autour d'une table éclairée par une lampe qui projette une vive lumière sur tous les personnages qui jouent aux cartes; au milieu de la table une jeune dame tient son jeu de cartes, elle reçoit des conseils d'un cavalier assis à côté d'elle; à droite, une femme pince de la harpe; de chaque bout et autour de la table, plusieurs joueurs assis et debout.

Bois. — H. 24 c. L. 33 c.

CANALETTI (ANTONIO)

* 21 — Vue de Venise.

L'artiste a représenté dans ce tableau la vue de la place Saint-Marc et du Palais des Doges, prise du grand canal, qui est animé de barques chargées de figures; sur le quai on voit une procession qui se dirige vers la place Saint-Marc.

Toile. — H. 74 c. L. 98 c.

CANO (ALONZO) ÉCOLE ESPAGNOLE

22 — Saint François au milieu d'une gloire d'anges.

Toile. — H. 48 c. L. 38 c.

CAPELLE (J. Van de)

23 — Marine, vue du Moerdyck en Hollande.

Sur le premier plan, à droite, un vaisseau de guerre, portant pavillon hollandais, tire une bordée ; au centre, une embarcation, montée par plusieurs marins, se dirige vers ce navire ; sur la gauche, un bateau pêcheur ; dans le lointain plusieurs bateaux et navires à voiles.

Bois. — H. 41 c. L. 66 c.

CHARDIN (Attribué a)

24 — Portrait du comte de Buffon dans sa jeunesse.

Toile. — H. 34 c. L. 28 c.

CHARDIN (Attribué a)

25 — Portrait de jeune fille.

Toile. — H. 48 c. L. 38 c.

CORRÈGE (Antoine)

26 — *Le Génie de la peinture représenté par un ange ébauchant les trois Grâces.*

L'auteur présumé de ce tableau porte un nom tellement célèbre, que c'est à peine si nous osons le lui attribuer ; cependant notre opinion est appuyée de celle de plusieurs personnes compétentes et d'artistes de talent qui, en Italie, notamment à Parme, ont étudié les œuvres de l'immortel Corrège.

Toile. — H. 140 c. L. 105 c.

CRAESBECKE (J.

27 — L'Arracheur de dents.

Sur une place de village, un charlatan exerce son savoir sur un paysan assis sur une chaise à laquelle il est lié par les bras; autour de l'opérateur une foule de villageois, hommes, femmes et enfants, semblent prendre plaisir à voir la douleur du patient, car tous rient aux éclats de l'affreuse grimace qu'il fait.

Bois.—H. 42 c. L. 33 c.

CUYP (ALBERT)

28 — Paysage avec animaux.

Sur le premier plan, deux génisses et deux moutons couchés et debout; derrière, sur un terrain élevé, un pâtre vêtu d'une casaque rouge et vu de dos, cause avec une femme qui est devant lui; à sa gauche, un jeune garçon porte un panier; à droite, près d'un massif d'arbres sous lesquels est une chaumière entourée d'une clôture en planches, on voit une vache et un mouton; au bas de ce monticule coule un ruisseau qui baigne un pâturage où paissent des moutons.

Composition et exécution admirables, de sa manière la plus recherchée, qu'on appelle *blond doré*.

Bois. - H. 52 c. L. 64 c.

CUYP (Albert)

29 — Vue de la plage de Scheveningen.

Au bas de la plage du village de Scheveningen
et à la marée basse, de nombreux pêcheurs sont
occupés à décharger plusieurs bateaux pleins de
poisson; au centre de la composition, un groupe de
femmes, entourées de chalands, vendent du poisson; à droite, deux charriots attelés de chevaux
attendent leur chargement; sur les hauteurs on
aperçoit le clocher et le village de Scheveningen.

Riche composition d'une touche spirituelle et
d'un aspect très-agréable.

Bois. —H. 78 c. L. 115 c.

CUYP (Albert)

30 — Intérieur d'un temple orné de figures. Rare.

Bois. —H. 48 c. L. 40 c.

CUYP (Attribué a Albert)

31 — Intérieur d'étable où l'on voit deux vaches.

Bois. —H. 37 c. L. 46 c.

CUYP (Albert)

32 — Trois jeunes enfants jouant avec un chien.

Bois. — H. 24 c. L. 32 c.

DECKER (Conrad)

33 — **Paysage.**

Sur un chemin, près d'un bouquet d'arbres,
deux villageois causent ensemble. Dans le fond on
aperçoit les maisons d'un village.

Bois. — H. 30 c. L. 40 c. Forme ovale.

DECKER (Conrad)

34 — **Intérieur de forêt.**

A droite, un tronc d'arbre; au centre, un homme
s'enfonce dans l'intérieur de la forêt. Effet de
soleil, dans la manière de Hobbema.

Bois. — H. 45 c. L. 36 c.

DESPORTES (François)

35 — **Chien de chasse gardant un lièvre.**

Toile — H. 129 c. L. 114 c.

DOLCI (Carlo)

36 — **La Vierge caressant l'Enfant Jésus.**

Toile. — H. 65 c. L. 48 c.

DROLLING

37 — **Philosophe dans son cabinet.**
Tableau très fini.

Bois. — H. 17 c. L. 14 c.

DUCQ (Jean le)

38 — L'Enfant prodigue représenté à table, entouré de femmes galantes.

Tableau très-fin, et un des meilleurs connus de ce maître, traité dans la manière de Terburg dont il porte la fausse signature.

Bois. — H. 54 c. L. 72 c.

DUGHET (Guaspre, dit le Poussin)

39 — Paysage historique.

Sur le premier plan, une rivière où sont des baigneurs; dans le lointain une ville au bord de la mer.

Toile. — H. 50 c. L. 63 c.

DUSART (Corneille)

40 — La Lecture de la Gazette.

Un homme, entouré de villageois et d'enfants, lit une gazette; la scène se passe au milieu d'un paysage.

Toile. — H. 52 c. L. 41 c.

DYCK (Antoine Van)

41 — La Vierge pleurant sur son fils expirant.

La tradition porte que ce tableau a été peint en Italie. Les productions de chevalet de ce maître sont très-rares.

Bois. — H. 54 c. L. 39 c.

DYCK (Antoine Van)

100

42 — Esquisse représentant le Sauveur mort sur les genoux de sa mère.

Première pensée du grand tableau et dont la
gravure prouve que cette esquisse est bien origi-
nale. Nous la joignons.

Bois. — H. 60 c. L. 61 c.

DYCK (Antoine Van)

50

43 — Tête de vieillard à longue barbe blanche.
(Bonne esquisse).

Toile. — H. 48 c. L. 45 c.

EYCK (Hubert et Jean Van)

1366 — 1445 ?

44 — Tryptique.

Le volet du milieu représente l'Adoration des
Mages : on y voit la Vierge tenant l'Enfant Jésus
dans ses bras, les rois mages prosternés à ses
pieds offrent des présents à son divin fils ; derrière la Vierge un monument à colonnes, dans
le fond un paysage ; le volet de gauche, le Nègre ;
le volet de droite, le Donateur.

Cette œuvre capitale a été commandée aux
auteurs par une communauté religieuse de Mon-
taigu, d'où elle n'est sortie que pour entrer par
tierce main dans la présente collection ; elle a
conservé, malgré ses près de cinq siècles d'existence,
toute sa pureté et l'éclat de son coloris primitif.
Très-rare.

Bois. — H. 89 c. L. 58 c.

FLINCK (GOVAERT)

45 — Portrait d'homme.

Le personnage représenté dans ce portrait peut
être âgé de trente à trente-cinq ans : il est vu
presque de face, la tête nue, les cheveux longs et
pendants retombent sur un vêtement noir, la
main droite posée sur la poitrine.

Toile. — H. 67 c. L. 56 c.

FRAGONARD (HONORÉ)

46 — Rencontre galante dans un parc.

Toile. — H. 33 c. L. 24 c.

FYT (J.)

47 — Lièvre mort.

Toile. — H. 55 c. L. 73 c.

GAAL (BARENT)

48 — Halte de cavaliers devant la porte d'une auberge.
Traité dans le genre de Wouvermans.

Toile. — H. 53 c. L. 63 c.

GAROFFOLO, élève de RAPHAEL

49 — L'Annonciation.

Cuivre. — H. 28 c. L. 23 c.

GELÉE CLAUDE, DIT LE LORRAIN

50 — Port de mer italien.

Sur le devant, à droite, un groupe de pêcheurs causent avec des soldats; au centre, une barque près d'un vaisseau à l'ancre; dans le fond, vers la droite, on aperçoit une forteresse en ruines au pied d'une chaîne de rochers qui s'avancent dans la mer. Effet de soleil couchant, tel que Claude savait le rendre.

Toile. — H. 44 c. L. 71 c.

GELÉE CLAUDE, DIT LE LORRAIN

51 — Paysage

Sur le premier plan, à droite et à gauche, massifs d'arbres; au centre, une rivière coule au bas d'une ville. Quelques figures d'animaux animent ce tableau.

Toile. — H. 43 c. L. 58 c.

GIORGION

52 — Martyre de saint Laurent.

Echantillon d'autant plus rare qu'il est de petite dimension.

Pierre. — H. 29 c. L. 22 c.

GOES Hugues Van der

(Florissait en 1400.)

53 — Trois panneaux dont deux forment dyptique. Scènes de la *Passion*.

Le panneau isolé représente l'Arrestation de Jésus au jardin des Oliviers.

Le volet de droite, Jésus couronné d'épines.

Celui de gauche, la Mise au tombeau.

Tableaux antiques de l'école flamande primitive.

Bois. — H. 100 c. L. 152 c.

GREUZE J.-B.

54 — Tête de vieillard et de jeune fille tirées de l'Accordée de village.

Miniature. H. 13 c. Forme circulaire.

GREUZE J.-B.

55 — Jeune fille effrayée par le tonnerre.

De la plus saisissante expression.

Bois. — H. 46 c. L. 38 c.

GUIDO Reni

56 — La Vierge, Jésus et saint Jean.

Très-fini.

Cuivre. H. 23 c. L. 18 c.

GUERCHIN

57 — Sybille écrivant.

Toile. — H. 36 c. L. 29 c.

GUERCHIN

58 — Saint Thomas touchant la plaie de Notre-Seigneur.

Toile.—H. 41 c. L. 49 c.

HEEM (David de)

59 — Fruits et nature morte.

Sur une table couverte d'une draperie bleue sont groupés, une grappe de raisin, deux abricots, une branche de cerises, une huître, des crevettes et un verre autour duquel est enroulée l'écorce d'un citron.

Bois.—H. 27 c. L. 19 c.

HEEM (David de)

60 — Pêches, raisins et papillons groupés au milieu d'un paysage.

Bois.—H. 42 c. L. 31 c.

HOBBEMA (M.) ou VAN KESSEL

61 — Paysage.

Au centre, un moulin a eau ; à gauche, une habitation rustique ombragée par un bouquet d'arbres, quelques villageois causent à la porte ; sur l'eau, une barque avec un pêcheur.

Tableau d'un aspect charmant.

Bois.—H. 49 c. L. 65 c.

HOBBEMA (M. signé

82 — Paysage avec moulin.

Sur le premier plan, à droite, un bouquet d'arbres ; au bord d'une rivière, deux hommes pêchent à la ligne. A gauche, un moulin à eau.

Toile. — H. 39 c. L. 58 c.

HOBBEMA (Genre de

83 — Paysage avec habitations rustiques et moulin à eau.

Bois. — H. 31 c. L. 28 c.

HOLBEIN Jean

84 — Portrait d'une vieille dame.

Elle est représentée de face, les mains croisées sur sa poitrine ; elle a une ceinture autour du corps et des bagues aux doigts.

Peinture admirable.

Bois. — H. 55 c. L. 43 c.

HOOGHE (Pieter de

85 — Intérieur d'une maison hollandaise.

A droite, accoudé sur l'appui d'une fenêtre, un jeune homme coiffé d'un chapeau à larges bords et fumant sa pipe, cause avec une jeune ménagère occupée à récurer une nombreuse batterie de cuisine ;

a gauche, une femme vue de dos est assise près de
la cheminée ; dans le fond, une femme se dirige
vers un couloir vivement éclairé par les rayons du
soleil.

A la manière ordinaire du maître, on remarque
dans ce tableau différents effets de jour, les nombreux accessoires sont traités avec une vérité saisissante.

Toile. — H. 78 c. L. 65 c.

Signé P. D. H.

66 — **L'Amateur de moules.** Scène d'intérieur.

Bois. — H. 28 c. L. 37 c.

HUCHTENBURG (Jean)

67 — **Bataille.**

Sur le premier plan, à droite, un groupe de
soldats à cheval se battent presque à bout portant ;
déjà plusieurs cavaliers et leurs chevaux gisent à
terre. Dans le fond, grande mêlée.

D'un beau coloris et d'une exécution digne de
Ph. Wouvermans.

Bois. — H. 51 c. L. 62 c.

KLOMP

68 — **Paysage et animaux.**

A gauche, une vache debout et une autre couchée près d'un arbre ; sur le devant, à droite, trois
moutons au repos.

A passé dans quelques collections pour être de
Paul Potter.

Toile. — H. 29 c. L. 25 c.

LAAR (Pierre Van, dit Bamboche)

69 — Querelle de bohémiens.

Toile. — H. 32 c. L. 41 c.

LANCRET (Nicolas)

70 — Les Oies du frère Philippe.

Toile. — H. 29 c. L. 38 c.

LELY (Le Chevalier)

71 — Portrait d'une jeune femme de distinction.

Elle est représentée à mi-corps, la tête tournée presque de face; sa chevelure blonde tombe en boucles ondoyantes sur ses épaules. Un collier de perles orne son cou, et une draperie bleue est posée sur son bras.

Bois. — H. 41 c. L. 32 c.

LENAIN

72 — Vieillard se réjouissant des plaisirs de la bouteille.

Toile. — H. 72 c. L. 59 c.

LUINI (Bernardino)

73 — La sainte Vierge allaitant l'Enfant Jésus.
Très-puissant de couleur.

Bois. — H. 58 c. L. 47 c.

MABUSE (Jean de)

Florissait en 1500.)

74 — La Vierge tenant l'Enfant Jésus dans ses bras.

Bois. — H. 43 c. L. 34 c.

MAES (Nicolas)

75 — La Dentelière.

D'une exécution très-finie.

Bois. — H. 29 c. L. 24 c.

MAES (Nicolas)

76 — Portrait d'une jeune femme, la gorge découverte.

D'une main elle retient son fichu sur son sein, de l'autre des fleurs.

Toile. — H. 74 c. L. 60 c.

METZU (Gabriel)

77 — La Consultation.

Assise sur un fauteuil et appuyée sur un coussin, une jeune femme paraît souffrante; un médecin est près d'elle, d'une main consultant le pouls de sa malade, de l'autre tenant une fiole qu'il regarde avec attention. Une servante, placée derrière ces personnages, attend des ordres.

Bois. — H. 42 c. L. 36 c.

METZU (Gabriel)

78 — La Leçon de musique.

Dans l'intérieur d'un appartement, une dame assise près d'une table couverte d'un tapis de Turquie tient un cahier de musique ; près d'elle, un jeune homme l'accompagne aux sons de la flûte.

Bois. — H. 33 c. L. 28 c.

MOOR (Carl de)

79 — Savant dans son cabinet.

Il est assis, le coude appuyé sur une table couverte d'un tapis où sont posées une carte déployée et une mappemonde ; aux pieds de son maître, un chien couché.

Bois. — H. 50 c. L. 38 c.

MOUCHERON

80 — Paysage avec architecture.

Sur le premier plan, a gauche, deux hommes causent sur le bord d'une rivière ; plus loin, un pont conduit à un monument en ruines ; de l'autre côté de la rive, un homme dans une barque.

Toile. — H. 33 c. L. 46 c.

MURILLO (B. L.)

81 — Le Génie de la peinture. Allégorie.

Toile. — H. 28 c. L. 38 c.

MURILLO (École de)

82 — Un saint et une sainte prosternés aux pieds de la sainte Famille.

Toile. — H. 39 c. L. 29 c.

MURILLO (École de)

83 — Moine en prières devant un crucifix.

Toile. — H. 70 c. L. 52 c.

NEEFS (Peter)

84 — Intérieur d'église orné de figures.

Toile. — H. 23 c. L. 19 c.

NEEFS (Peter)

85 — Intérieur d'un temple orné de figures.

Toile. — H. 24 c. L. 19 c.

NEER (Aart Van der)

86 — Village d'Hollande, traversé par une rivière.

Sur le premier plan, à droite, près du rivage, une barque avec deux pêcheurs ; près d'eux, une femme se dirige vers la rivière ; à gauche, deux grands arbres près d'une vieille haie. Sur l'autre rive, au milieu, un moulin entouré de maisons ; sur la droite, un massif d'arbres près d'un moulin, sur la rivière. Plusieurs barques s'éloignent. Un beau clair de lune répand une vive lumière sur cette composition, qui a tout le charme d'une des œuvres les plus recommandables de cet habile artiste.

Bois. — H. 58 c. L. 82 c.

NEER (Aart Van der)

87 — Clair de lune.

Sur le premier plan, au bord de la rivière, un filet de pêche est étendu sur des pièces en bois ; sur le même plan, vers la droite, un homme dans une barque. Sur l'autre rive, un village : derrière les maisons, la lune apparaît et projette ses vifs reflets de lumière jusqu'au milieu de la rivière. Dans le lointain, plusieurs bateaux de pêche et de transport s'éloignent.

Sous le rapport de la finesse et de l'effet, ce tableau ne le cède pas au précédent.

Bois. — H. 39 c. L. 50 c.

NEER (Aart Van der)

88 — Effet d'hiver.

Sur une rivière glacée, de nombreux personnages spirituellement traités se livrent au plaisir de patiner. A gauche, quelques maisons ; sur la droite, un moulin ; dans le fond, une ville.

Bois. — H. 19 c. L. 35 c.

NETSCHER (Gaspard) Signé

89 — La Leçon de musique.

Une jeune femme vêtue en robe de satin, joue de la basse ; près d'elle, un cavalier tient un cahier de musique : derrière, un jeune garçon, avec un violon.

Bois. — H. 44 c. L. 35 c.

NETSCHER (Constantin)

90 — Réunion de famille dans l'intérieur d'un palais.

Charmante composition d'environ douze figures bien groupées.

Toile.—H. 56 c. L. 81 c.

OSTADE (Adrien Van)

91 — Intérieur rustique.

Autour d'un tonneau qui sert de table, trois hommes assis et debout causent en buvant ; sur la droite, un chien couché.

Bois.—H. 30 c. L. 32 c.

OSTADE (Isaac). Signé

92 — Marine.

Au premier plan, sur une plage, des pêcheurs lancent leurs bateaux à la mer ; d'autres sont déjà partis ; dans le lointain, plusieurs navires sur la mer, qui est légèrement agitée.

Bois.—H. 40 c. L. 60 c.

OSTADE (Isaac)

93 — Intérieur rustique.

Une vieille femme nettoie la tête d'un homme ; près d'eux, un homme tient un pot de bière.

Bois.—H. 25 c. L. 33 c.

OSTADE (Isaac)

94 — Halte près d'une tente.

Au centre de la composition, une dame et un cavalier à cheval causent avec un officier ; à droite, une tente dont l'intérieur est rempli de soldats assis autour d'un feu ; à gauche, un soldat cause avec des villageois. Dans le fond, un camp.

Bois.—H. 50 c. L. 56 c.

OSTADE (Attribué a Isaac Van)

95 — Port de mer.

Sur la plage, près d'un bateau pêcheur, un homme, monté sur un âne, cause avec un pêcheur qui lui montre son poisson ; à ses côtés, une femme tient un enfant dans ses bras ; sur le bord du chemin, un homme assis chausse ses bas. Dans le fond, deux bateaux et plusieurs pêcheurs.

Bois.—H. 45 c. L. 38 c.

PALAMÈDES

96 — Récréation galante.

Charmante scène d'intérieur.

Bois. H. 42 c. L. 60 c.

PERUGIN (P.)

97 — La sainte Vierge allaitant l'Enfant Jésus qu'elle tient dans ses bras ; à droite, une draperie soulevée laisse apercevoir un paysage.

Bois.—H. 36 c. L. 27 c.

PIOMBO (Sebastien del)

98 — Salomé, fille d'Hérodiade, tenant la tête de saint Jean. La mère porte un flambeau qui éclaire cette scène dramatique.

Bois.—H. 106 c. L. 76 c.

POELENBURG (Corneille)

99 — La Madeleine en prières.

Dans les nuages, une gloire d'anges lui apparaissent.

Bois.—H. 27 c. L. 22 c.

POELENBURG (Corneille)

100 — Baigneurs.

Dans une rivière qui coule au bas de monuments en ruines, plusieurs hommes se baignent.

Bois.—H. 38 c. L. 29 c.

POELENBURG (Corneille)

101 — Paysage, au milieu duquel, une nymphe et son satyre se livrent au plaisir de la danse ; près d'eux, une femme assise à côté d'un enfant, semble les encourager dans leurs ébats.

Bois.—H. 32 c. L. 25 c.

POUSSIN (Nicolas)

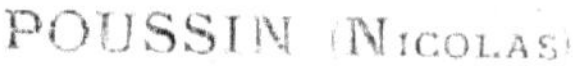

102 — Paysage historique orné de figures.

Toile.—H. 47 c. L. 60 c.

POTTER (Paul)

102 — Animaux au pâturage.

Sur le premier plan, à droite, un bœuf debout,
près d'un arbre et d'une barrière en planches,
devant lui, une vache et un mouton couchés, plus
loin, une vache vue de dos; sur le devant, à gauche, massif de plantes; dans le fond, une prairie
où paissent des vaches et moutons; dans le lointain, un village au milieu d'arbres, complètent
l'œuvre de ce maître rare.

Bois. — H. 47 c. L. 65 c.

POTTER (Paul)

104 — Animaux dans un pâturage.

Cette charmante, bien que simple, composition
représente un pâtre assis près d'un vieux saule où
s'appuie une barrière en planches; devant lui, un
taureau et deux vaches, dont une couchée; dans
le fond, à gauche, bestiaux dans une prairie.

Bois. — H. 42 c. L. 33 c.

REMBRANDT

105 — L'Adoration des Mages.

Peinture d'une grande finesse, cette composition renferme environ quarante figures.

Une composition par Rembrandt, en tout sem-
blable à la nôtre, a passée dans une vente publique
à Amsterdam, le 17 mai 1715, suivant le catalogue
de G. Hoet, à la page 185. Nous croyons pouvoir
en faire mention sans affirmer toutefois que ce fut,
ou ne fut pas, le tableau qui figure à cette vente.

Bois. — H. 43 c. L. 35 c.

REMBRANDT

106 — La visitation de la Vierge à sainte Élisabeth.

Charmant petit tableau de chevalet.

Bois.—H. 29 c. L. 25 c.

REYNOLDS (Attribué a Sir Josué)

107 — D'après un portrait d'Antoine Van Dyck.

L'artiste est représenté en buste, la figure vue de trois quarts ; d'une main il tient une fleur qui représente un soleil. (Ce qui paraît être une allégorie de la gloire du célèbre artiste), faisant allusion à son maître Rubens, dont il reçut la lumière.

Toile.—H. 74 c. L. 64 c.

REYNOLDS (Attribué a Josué)

108 — Portrait d'une jeune Lady, représentée le bras appuyé sur un coussin de velours rouge, et les mains jointes.

Bois.—H. 19 c. L. 16 c.

RONBOUTS (J.)

109 — Vue d'un village traversé par une rivière, bordée de maisons et ombragée d'arbres ; sur le devant, près du rivage, deux hommes dans une barque ; à gauche, des ruines.

Bois.—H. 30 c. L. 27 c.

ROMYN (W. Van)

110 — Paysage avec animaux.

Au premier plan, à droite, sur un terrain élevé,
trois vaches, une chèvre et plusieurs moutons sont
au repos; sur le devant, un massif de plantes
grasses et fleurs; à gauche, un arbre contre une
clôture en planches.

Toile. — H. 63 c. L. 84 c.

ROSA (Salvator)

111 — Bataille.

Toile. — H. 33 c. L. 54 c.

RUBENS (P.-P.)

112 — Bethzabée à la fontaine.

Ici le célèbre maître de l'école flamande a rendu
son sujet sous le portrait de sa première femme,
Elisabeth Brants; et, en écartant de la scène le
personnage historique qui y figure d'ordinaire, il
a banni toute idée d'indécence; le fond représente dans un beau paysage son château, le Steen,
situé dans les environs de Bruxelles, et dont il
existe encore aujourd'hui quelques faibles vestiges.

Nous donnons la traduction textuelle telle que
ce tableau est décrit dans le catalogue de vente
après décès de la veuve Rubens; la page **273**
porte « qu'il a été inventé et entièrement peint de
« la main de Rubens. »

Bois. — H. 70 c. L. 53 c.

RUBENS (P.-P.)

113 — Portrait d'homme.

Représenté de face et vu à mi-corps, un homme âgé d'environ 35 ans, les cheveux blonds et portant moustache, tient d'une main une hallebarde, de l'autre, la garde de son épée; il est vêtu d'un pourpoint noir, une collerette en guipure autour du cou, sa taille est serrée par un ceinturon rouge.

Catalogue de la veuve Rubens, page 274, porte comme au précédent « que le tableau a été inventé « et entièrement peint de la main de Rubens. »

Bois.—H. 73 c. L. 59 c.

RUBENS (P.-P.)

114 — Portrait de la seconde femme de Rubens; elle est représentée en buste, la tête penchée et coiffée d'une houppe.

Rien n'est plus ravissant que l'aspect de ce portrait.

Toile.—H. 69 c. L. 60 c.

RUBENS (P.-P.)

115 — Repos de la Sainte Famille.

La sainte Vierge assise tient l'Enfant Jésus sur ses genoux. Le petit saint Jean lui présente l'agneau auquel il donne à manger; à gauche, un ange présente à la Vierge une corbeille de raisins; à droite, saint Joseph contemple cette scène. Dans quelques rares parties il est à remarquer que le tableau a été restauré, mais du reste il est bien original.

Bois.—H. 38 c. L. 47 c.

RUBENS (P.-P.)

146 — Portrait de la seconde femme de Rubens.

Elle est représentée en buste, les épaules et le sein découverts, occupée à démêler ses cheveux ; vue de profil. (Jolie esquisse).

Toile. — H. 50 c. L. 38 c.

RUYSCH (Rachel)

147 — Bouquet de fleurs dans un vase, de la plus brillante exécution.

Toile. — H. 44 c. L. 34 c.

RUYSDAEL (Jacques)

148 — Paysage boisé.

Au premier plan, à l'entrée d'un bois, coule un ruisseau au milieu duquel un tronc d'arbre est abattu ; à gauche, un paysan sort du bois, au milieu de la forêt, on aperçoit des ruines.

Toile. — H. 43 c. L. 53 c.

RUYSDAEL (Jacques)

149 — Paysage.

Une route bordée de grands arbres, longe une rivière ; dans le fond, à droite, un moulin.

Bois. — H. 28 c. L. 35 c.

RUYSDAEL (Jacques)

120 — Petit paysage avec chute d'eau et pont rustique.

Bois. — H. 20 c. L. 25 c.

RIKAERT (David)

121 — Buveur tenant une canette.

Toile. — H. 54 c. L. 44 c.

SACCHI (Andrea)

122 — Romuald racontant ses visions à ses disciples

Toile. — H. 58 c. L. 36 c.

SLINGELANDT (P. Van)

123 — Une servante en manches de chemise, la gorge découverte, récure un pot de cuivre ; à ses pieds,
sont plusieurs ustensiles de cuisine traités dans la
manière finie de Gérard Dow.

Bois, forme octogone. — H. 20 c. L. 16 c.

SGLINGELANDT (P. Van)

124 — Intérieur de cuisine où on voit une femme assise,
pelant une pomme.

Bois. — H. 34 c. L. 29 c.

LINGELBACH (Jean)

125 — Vue d'un port de mer en Orient.

Le quai est animé d'un grand nombre de personnages de condition ; plusieurs orientaux sont montés sur des dromadaires, des groupes de dames et cavaliers causent ensemble ; des mulets chargés ; le quai est encombré de ballots de marchandises.

Toile.—H. 50 c. L. 58 c.

SPAENDONCK (Gérard Van)

126 — Bouquet de fleurs dans un vase posé sur une table.

Bois.—H. 49 c. L. 35 c.

STEEN (Jean)

127 — Récréation au cabaret.

Composition de sept figures.

Bois.—H. 35. L. 29.

STRY (Van)

128 — Animaux au pâturage.

Bois.—H. 34 c. L. 50 c.

TENIERS (David, père)

129 — Buste d'une vieille femme.

Toile.—H. 43 c. L. 35 c.

TERBURG (Gérard)

130 — Jeune dame à sa toilette.

Dans l'intérieur d'un appartement, une jeune femme en corsage rouge, appuyée sur un coussin en velours, posé sur une table couverte d'un tapis de Turquie, sur lequel est posé un candélabre à deux lumières et une boîte à mouches, s'occupe d'arranger ses ongles ; aux pieds de sa maîtresse, un chien couché ; debout, une servante tient une aiguière sur un plateau.

Toile. — H. 53 c. L. 42 c.

TERBURG (Gérard)

131 — Paysage.

Au milieu et sur le premier plan, un domesti-que, le chapeau à la main, tient par la bride un beau cheval bai brun tout harnaché ; à ses pieds, un chien de chasse. Dans le fond, à gauche, on aperçoit un château ; sur la droite, des dunes en-tourent des marais.

Toile. — H. 44 c. L. 65 c.

TORRENTIUS (Jean)

132 — Jupiter se transforme en pluie d'or pour séduire Danaé.

Bois. — H. 26 c. L. 35 c.

VELDE (WILEM VAN DE)

133 — Marine, mer calme.

Au premier plan, plusieurs marins retirent des cordages de la mer ; au centre, un vaisseau de guerre, voiles dehors, tire une bordée ; dans le fond, on aperçoit un navire sous voiles, la mer est calme et éclairée par les derniers rayons d'un soleil couchant.

Toile.—H. 32 c. L. 41 c.

VELDE (W. VAN DE)

134 — Marine, mer calme.

Sur le premier plan, à droite, un bâteau pêcheur ; à droite, une petite embarcation ; au second plan, un navire de guerre s'éloigne.

Bois.—H. 39 c. L. 50 c.

VELASQUEZ

135 — Paysage orné de figures, *connu sous le nom des Laveuses*.

Il est connu que les paysages de ce maître sont rares.

Toile.—H. 66 c. L. 82 c.

VELASQUEZ

136 — Portrait d'une jeune infante.

Elle est représentée dans un riche costume, vue à mi-corps et de face.

Exécution large, mais vraie.

Bois.—H. 58 c. L. 48 c.

VELASQUEZ

137 — Petit pâtre gardant un troupeau de moutons. (Allégorie du petit saint Jean).

Toile. — A. 39 c. L. 53 c.

VERSCHURING (Henry)

138 — Paysage et animaux.

A gauche, assise au pied d'un arbre, une femme avec un enfant sur ses genoux, semble grommeler après un gamin qui s'éloigne ; à ses côtés, deux chiens jouent ensemble ; au centre, un berger conduit un troupeau de moutons et autres ; sur le devant, sont posés par terre : une gourde et un bâton près d'un massif de plantes.

Bois. — H. 43 c. L. 60 c.

VINCI (École de Leonardi de)

* 139 — La sainte Vierge et l'Enfant Jésus.

La Vierge représentée assise au milieu d'un paysage, tient l'Enfant Jésus sur ses genoux, qui montre une pomme qu'il tient de la main droite ; dans le fond, on aperçoit une ville.

Charmant petit tableau.

Bois. — H. 36 c. L. 29 c.

VISSCHER (Corneille de)

140 — Intérieur d'une famille hollandaise. Composition d'un grand nombre de figures et rare.

Toile.—H. 42 c. L. 63 c.

WEENINX (J.)

141 — Gibier et attributs de chasse.

Un lièvre et des perdrix sont attachés à un arbre par les pattes, un fusil est également appuyé sur une branche; sur la gauche, un chien fait le guet. Dans le fond, un parc.

Toile. — H. 104 c. L. 84 c.

WEENINX (Jean-Bapt. 1650. Signé).

142 — Paysage avec bestiaux traversant un gué.

Toile.—H. 84 c. L. 80 c.

WERF (Adriaan Van der)

143 — La Madeleine repentante.

Assise dans une grotte, la belle pécheresse, les cheveux en désordre, a une main appuyée sur sa poitrine, l'autre sur une tête de mort posée sur un livre; derrière, à gauche, coule une rivière avec cascades.

Tableau d'un fini précieux.

Toile.—H. 47 c. L. 38 c.

WOUVERMANS (Philippe)

114 — Départ pour la chasse.

Un cavalier monté sur un cheval à robe baie, faucon au poing, attend pour partir ; près de lui, son chien, et derrière, une femme portant un sac sur la tête, tandis que son compagnon, laissant son cheval blanc à la garde d'un garçon, qui de son côté, caresse deux chiens, a mis pied à terre pour aller lutiner une villageoise, puisant de l'eau à une citerne ; derrière et non loin de là, une commère curieuse, nonchalamment accoudée sur la porte à demi ouverte de sa demeure, observe malicieusement l'action quelque peu indiscrète de notre galant chasseur. Un lointain, à ciel ouvert, chargé de quelques nuages, des habitations rustiques, des poulets et autres accessoires, sans nuire à l'harmonie générale, complètent cette gracieuse composition.

Toile. — H. 42 c. L. 37 c.

WOUVERMANS (Jean)

115 — Halte de cavaliers devant la porte d'une auberge.

Toile. — H. 00 c. L. 00 c.

WYNANTS (Jean)

116 — Paysage.

Sur le devant, un homme à cheval, suivi de deux chiens, est arrêté au milieu d'une route qui conduit dans un bois ; il semble demander son chemin à un petit villageois ; à gauche, deux arbres abattus sur le bord de la route ; à droite, une rivière borde le bois,

Bois. — H. 39 c. L. 53 c.

WYNANTS (Jean)

147 — Paysage avec figures, par A. Van de Nelde.

Au milieu, une route suivie par une femme, un enfant et un chien; à gauche, sur un monticule, un bouquet d'arbres près d'une haie qui borde le chemin; à droite, sur un terrain élevé, une chaumière ombragée par de grands arbres; dans le fond, un cavalier suivi de deux chiens.

Bois.—H. 55 c. L. 45 c.

ZORG

148 — Scène d'intérieur où l'on voit deux buveurs assis à une table ronde, l'un tient sa pipe, l'autre un verre de bière.

Bois.—Haut. 23 c. L. 20 c.

RENOU et MAULDE, imprimeurs de la Compagnie des Commissaires-Priseurs, rue de Rivoli, 144. 17812

VENTE

ET

TABLEAUX ANCIENS

ORDRE DES VACATIONS

PREMIÈRE VACATION

Le Vendredi 12 Décembre 1862, à deux heures précises.

---

 2. ARTOIS (J. van) . . . . Paysage.
 3. ASSELYN . . . . Paysage.
 4. BACKUYSEN (L.) . . . . Marine.
 5. BALEN (H. van) . . . . Diane endormie.
 6. BASSAN . . . . L'Adoration.
 8. BEGA . . . . Scène de cabaret
10. BERCHEM (N.) . . . . Passage du gué.
12. BERKHEYDEN . . . . Vue de ville.
13. BOL (F.) . . . . Portrait de femme.

15. BOURGUIGNON . . . . Bataille.
16. BRAKENBURG (R.) . . . . Intérieur.
18. BRAUWER . . . . Tête d'étude.
19. LE MÊME . . . . Deux fumeurs.
20. CALLOT (Jacques) . . . . Joueurs aux cartes.
21. CANALETTI (Ant.) . . . . Vue de Venise.
23. CAPELLE (J. van de) . . . . . . Marine.
25. CHARDIN . . . . Portrait.
27. CRAESBEKE . . . . L'Arracheur
29. CUYP (Albert) . . . . Vue de plage.
30. LE MÊME . . . . Intérieur d'un temple.
33. DECKER (Conrad) . . . . Paysage.
35. DESPORTES (F.) . . . . Chien gardant un lièvre.
36. DOLCI (Carlo) . . . . La Vierge caressant l'Enfant.
37. DROLLING . . . . Philosophe.
38. LE DUCQ (J.) . . . . L'Enfant prodigue.
39. DUGHET . . . . Paysage.
41. VAN DYK (Ant.) . . . . La Vierge pleurant.
42. LE MÊME . . . . Esquisse.
45. FLINCK (G.) . . . . Portrait.
46. FRAGONARD . . . . Rencontre.
48. GAAL (B.) . . . . Halte.
49. GAROFFOLO . . . . L'Annonciation.
51. LORRAIN (Claude) . . . . Paysage.
52. GIORGION . . . . Martyre.
53. VAN DER GOES (Hugues) . . . Scènes de la Passion.
55. GREUZE (J.-B.) . . . . Jeune fille effrayée.
56. GUIDO RENI . . . . Vierge.
58 GUERCHIN . . . . Saint Thomas.

59. DE HEEM (D.)........... Fruits.
62. HOBBEMA.. .... Paysage.
63. LE MÊME (genre de)...... Paysage.
66. P. D. H. (signé)........... L'Amateur de moules.
68. KLOMP............... Paysage.
69. LAAR (P.)............. Querelle.
73. LUINI (B.)............ Vierge.
74. DE MABUSE (J.).......... Vierge.
76. MAES (Nicolas).... ...... Portrait.
77. METZU .... Consultation.
81. MURILLO .... Le Génie.
82. LE MÊME....... ...... Un Saint et une Sainte.
84. NEEFS (P.) .... Intérieur d'église.
85. LE MÊME............. Intérieur d'église.
86. VAN DER NEER (A.)...... Village de Hollande.
88. LE MÊME............. Effet d'hiver.
89. NETSCHER (Signé G.)...... La Leçon de musique.
90. NETSCHER (Const.)....... Réunion de famille.
91. VAN OSTADE (A.)........ Intérieur rustique.
93. VAN OSTADE (Isaac)...... Intérieur rustique,
94. LE MÊME............. Halte.
96. PALAMÈDES........... Récréation.
97. PERUGIN (P.)........... Sainte Vierge.
101. POELENBURG (C.)....... Paysage.
104. POTTER (Paul).......... Animaux dans un pâturage.
106. REMBRANDT........... Visitation.
107. REYNOLDS (Sir Josué).... D'après un portrait de Van Dyk.
110. VAN ROMYN (W.)........ Paysage.
113. RUBENS .... Portrait d'homme.

DEUXIÈME VACATION

Le Samedi 13 Décembre 1862, à deux heures précises.

1. ALLORI (C.)............. Portrait.
7. BASAN (L.)............... Jeune garçon.
9. BEGA.................... Scène d'intérieur.
11. BERGHEM (N.)........... Paysage.
14. BOL (Ferd.)............ Portrait.
17. BRAUWER (Ad.)......... L'Opérateur.
22. CANO (Alonzo).......... Saint François.
24. CHARDIN............... Portrait de Buffon.
26. CORRÈGE............... Le Génie de la peinture.
28. CUYP (Albert). .... Paysage avec animaux.
31. DU MÊME............... Intérieur d'étable.
32. DU MÊME............... Jeunes Enfants avec chien.
34. DECKER (Conrad)........ Intérieur de forêt.
40. DUSARD (Corn.).......... Lecture.
43. DYCK (Ant. Van)..... .... Tête de vieillard.
44. EYCK (J. Van)........... Triptyque.
47. FYT (J).......... .... Lièvre mort.
50. LORRAIN (Claude)........ Port de mer.
51. GREUZE..... .... Tête de vieillard.
57. GUERCHIN (F.).......... Sibylle.
60. DE HEEM.............. Fruits.
61. HOBBEMA .... Paysage.

Paris. — Renou et Maulde, imprimeurs de la Compagnie des Commissaires-Priseurs, rue de Rivoli, 144.   17812

TABLEAUX ANCIENS

DES

Écoles Flamande, Hollandaise, Française, Italienne et Espagnole

QUI COMPOSENT LA COLLECTION

D'UN AMATEUR DES FLANDRES

Dont la vente aura lieu

Les Vendredi 12 et Samedi 13 Décembre 1862, à deux heures

EXPOSITIONS :
PARTICULIÈRE. Le Mercredi 10 Décembre 1862 ;
DE MIDI A CINQ HEURES.
PUBLIQUE. Le Jeudi 11 Décembre 1862 ;
DE MIDI A CINQ HEURES.

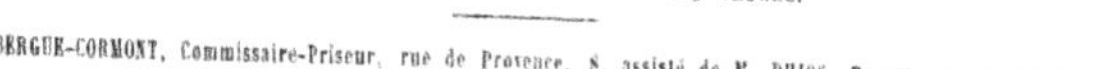

Me DELBERGUE-CORMONT, Commissaire-Priseur, rue de Provence, 8, assisté de M. DHIOS, Expert, rue Le Peletier, 33

RED. :

19

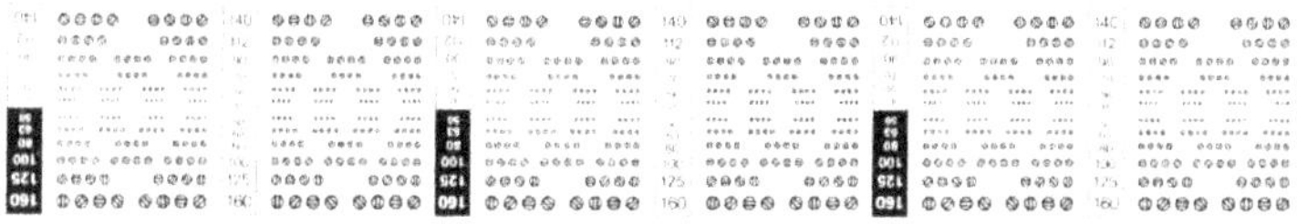

BIBLIOTHEQUE
NATIONALE
DE FRANCE

****

CHATEAU
DE
SABLE
1995

www.ingramcontent.com/pod-product-compliance
Ingram Content Group UK Ltd.
Pitfield, Milton Keynes, MK11 3LW, UK
UKHW022122170726
13837UKWH00003B/1308